Vente du Lundi 12 Novembre 1877

HOTEL DROUOT, SALLE N° 5

A DEUX HEURES DE RELEVÉE

ANCIENNES POTERIES

ET

TERRES ÉMAILLÉES

DU MAGHREB

Beaux Verres antiques grecs

EXPOSITION PUBLIQUE

Le Dimanche 11 Novembre 1877, de une heure à cinq heures.

M° QUÉVREMONT

COMMIS^{re}-PRISEUR

Rue Richer, n° 46

M. GANDOUIN

EXPERT DES DOMAINES NATIONAUX

Rue Le Peletier, n° 42

PARIS — 1877

V RENOU, MAULDE et COCK

IMPRIMEURS DE LA COMPAGNIE DES COMMISSAIRES-PRISEURS

Rue de Rivoli, 144.

CATALOGUE

DES

ANCIENNES POTERIES

ET

TERRES ÉMAILLÉES

DU MAGHREB

Beaux Verres antiques grecs

DONT LA VENTE AUX ENCHÈRES PUBLIQUES AURA LIEU

HOTEL DROUOT

SALLE N° 5

Le Lundi 12 Novembre 1877

A DEUX HEURES DE RELEVÉE

Par le ministère de **M° QUÉVREMONT**, Commissaire-Priseur,
rue Richer, 46,

Assisté de **M. GANDOUIN**, Expert des Domaines nationaux,
rue Le Peletier, 42,

CHEZ LESQUELS SE DISTRIBUE LE CATALOGUE.

EXPOSITION PUBLIQUE

Le Dimanche 11 Novembre 1877, de une heure à cinq heures.

PARIS — 1877

C'est la première fois qu'une Collection céramique de cette sorte est présentée au public; aussi pensons-nous qu'elle mérite l'attention des Amateurs au point de vue curieux et artistique.

E. GANDOUIN

POTERIES ARABES DU MAGHREB

« ..... La série d'ouvrages céramiques où l'on trouve le plus de variétés pour la forme et la décoration, c'est celle composée de plats et de coupes. Là, non-seulement les artistes arabes ont épuisé les combinaisons hémisphériques plus ou moins prolongées en cylindre, la forme bursaire souvent à fond déprimé, tout cela porté sur un pied évasé, parfois cannelé, se rattachant sur un culot finement godronné lui-même; ils les ont ornementés extérieurement, tout en jetant à l'intérieur de vastes rosaces, des ogives renfermant des palmes et des bouquets ou d'ingénieuses conceptions linéaires qui forment de gigantesques étoiles à segments richement variés.....

(Jacquemart, *Histoire de la Céramique*, p. 191).

CONDITIONS DE LA VENTE

Elle sera faite au comptant.

Les Acquèreurs paieront cinq pour cent, en sus des enchères, applicables aux frais de vente.

DÉSIGNATION

POTERIES DU MAGHREB

1 — Un Réchaud en terre émaillée et ouvrée à jour. Travail ancien du Maghreb.

2 — Réchaud en terre émaillée, décoré au fond et sur le marli d'arabesques bleus.

3 — Piédouche en faïence ancienne du Maroc; décor d'arabesques polychromes.

4 — Une Gargoulette à deux anses; décor d'arabesques polychromes.

5 — Une Gargoulette à deux anses; décor d'arabesques polychromes.

6 — Une autre Gargoulette; même décor.

7 — Une autre Gargoulette; même décor.

8 — Une autre Gargoulette; même décor.

9 — Une autre Gargoulette à trois anses; même décor.

10 — Un Bol à panse arrondie et entouré de ceintures à décor polychrome et arabesques diverses.

11 — Un autre Bol, d'un travail plus ancien qne le précédent.

12 — Un autre Bol, la panse godronnée, et décoré à son
sommet d'une ceinture polychrome.

13 — Un autre Bol, la panse godronnée, et décoré
d'arabesques bleues.

14 — Un autre Bol; sur la panse, décor polychrome.

15 — Un Plat; même décor.

16 — Un autre Plat; même décor.

17 — Un autre Plat; même décor.

18 — Un autre Plat; même décor.

19 — Deux Bols; décor polychrome.

20 — Un Piédouche; décor polychrome.

21 — Un autre Piédouche, décoré d'un oiseau.

22 — Un Vase à deux anses; décor polychrome.

23 — Une Gargoulette; décor polychrome.

24 — Une autre Gargoulette; même décor.

25 — Uue autre Gargoulette; décors variés.

26 — Une autre Gargoulette; décor polychrome.

27 — Une Gargoulette; même décor.

28 — Une autre Gargoulette à une anse; même décor.

29 — Un Pot à une anse; même décor.

30 — Un Bol sur piédouche; même décor.

31 — Un petit Plateau; même décor.

32 — Un Bol; même décor.

33 — Un Plat; même décor.

34 — Un autre Plat sur piédouche, décoré d'un oiseau.

35 — Un autre Plat; décor d'arabesques.

36 — Un Bol sur piédouche avec son couvercle, la panse godronnée; décor d'arabesques polychromes.

37 — Un grand Plat, décoré au centre et sur le marli d'arabesques bleues.

38 — Une Vasque en terre émaillée; décor polychrome à l'intérieur et à l'extérieur.

39 — Une autre Vasque; même décor.

40 — Un Couvercle; décor polychrome avec ceinture d'oiseaux.

41 — Un autre Couvercle; le décor monochrome.

42 — Un autre Couvercle; décor polychrome.

43 — Un autre Couvercle; même décor.

44 — Un autre Couvercle; même décor.

45 — Un autre Couvercle blanc.

46 — Une Gargoulette en grès.

47 — Un Couvercle; décor polychrome.

48 — Un autre Couvercle; même décor.

49 — Un Bol à panse godronnée et décor polychrome avec ceinture; décor vert.

50 — Deux Gargoulettes modernes en terre , décorées de fleurs en saillie. — Mers-El-Kébir, près Oran.

51 — Un Couvercle; décor polychrome.

52 — Un Piédouche en terre émaillée; décor polychrome chargé d'arabesques.

53 — Un Bol; la panse décorée de godrons droits.

54 — Un Plat à kouskous; décor intérieur d'arabesques polychromes.

55 — Un autre Plat; même décor.

56 — Un Bol; décor d'arabesques à l'intérieur et à l'extérieur.

57 — Un Plat; décor de fleurs.

58 — Un autre Plat; décor d'arabesques.

59 — Un autre Plat; même décor.

60 — Un Plat, décoré d'un oiseau.

61 — Un autre Plat; décor de fleurs et de feuilles.

62 — Un autre Plat; décor d'arabesques.

63 — Un autre Plat; même décor.

64 — Un Plateau ; même décor.

65 — Deux autres Plateaux ; même décor.

66 — Une Fromagère à quatre anses, décorée d'arabesques polychromes.

67 — Deux Plats ; décor bleu.

68 — Un Plat à kouskous ; décor polychrome.

69 — Deux autres Plats ; mêmes décors.

70 — Un autre Plat ; décor d'arabesques.

71 — Un autre Plat ; décor de fleurs.

72 — Un autre Plat ; décor quadrillé.

73 — Un autre Plat ; décor de fleurs et de feuillages polychromes.

74 — Un autre Plat ; décor concentrique ;

75 — Un autre Plat ; décor d'arabesques.

76 — Un autre Plat ; décor de fleurs et feuillages.

77 — Un autre Plat ; même décor.

78 — Un autre Plat ; décor d'arabesques et de fleurs.

79 — Un autre Plat ; même décor.

80 — Un autre Plat ; décor de style persan.

81 — Un autre Plat ; même décor.

82 — Un autre Plat ; décor de feuilles et de feuillages.

83 — Un grand Couvercle; décor d'arabesques.

84 — Un Plat arabe à piédouche; décor concentrique, style persan.

85 — Un autre Plat; décor d'arabesques, style de Grenade.

86 — Un autre Plat; même décor.

87 — Un autre Plat; décor d'arabesques polychromes.

88 — Un autre Plat; même décor.

89 — Un autre Plat; même décor, style persan.

90 — Un autre Plat, décoré d'un rameau.

91 — Un autre Plat; décor du Maroc.

92 — Un autre Plat; décor d'arabesques, style persan.

93 — Un autre Plat; même décor.

94 — Un autre Plat; même décor.

95 — Un autre Plat; même décor.

96 — Un autre Plat; même décor.

97 — Un autre Plat; décor concentrique.

98 — Un autre Plat; décor style de Grenade.

99 — Un autre Plat; décor d'arabesques.

100 — Un autre Plat; décor concentrique.

101 — Un autre Plat godronné; décor persan.

102 — Un autre Plat godronné ; décor mauresque.

103 — Un autre Plat ; même décor.

104 — Un autre Plat ; décor persan.

105 — Un autre Plat ; décor bleu d'arabesques.

106 — Un autre Plat ; décor marocain.

107 — Deux autres Plats ; décor polychrome.

108 — Une Lampe en terre émaillée du Maghreb.

109 — Une autre Lampe ; même décor.

110 — Une autre Lampe ; même décor.

111 — Une autre Lampe, même décor, fracturée.

112 — Un Poêle en faïence du temps de Louis XVI ; décor aux angles de marques de Lion, fabrication de Nevers.

113 — Un Pot en grès émaillé (double litron).

114 — Une Soucoupe en ancienne porcelaine de l'Inde.

115 — Un Plateau en ancienne porcelaine de l'Inde.

OBJETS DIVERS

116 — Deux Poudrières en bois sculpté. Travail arabe ancien.

117 — Trois Moules droits en bois sculpté pour l'impression des dessins sur les galettes arabes. Travail ancien.

118 — Quatre Moules ronds. Même travail.

119 — Une Gourde arabe en bois sculpté incrusté de nacre et de corail.

120 — Un Porte-Bassin en bronze ciselé, ouvré et percé à jour. Travail du xve siècle (objet remarquable et très-rare).

121 — Un Cabinet marocain ancien en bois de santal, avec incrustations d'ivoire gravé et de corail.

122 — Trois Poudrières en bois sculpté. Travail arabe ancien.

123 — Une Gourde en bois sculpté. Même travail.

124 — Un Plat gothique en cuivre étamé, avec inscriptions arabes.

125 — Deux petits Bassins en cuivre repoussé. Travail du Maroc.

126 — Un Plat gothique en cuivre étamé.

127 — Un autre Plat en cuivre étamé, avec inscriptions arabes. Travail du xive siècle.

128 — Un autre Plat à bords festonnés et gravés. Travail arabe (ancien).

129 — Un Mortier en bronze ; la panse ornée de saillies ciselées.

130 — Un autre Mortier; la panse ornée de saillies perpendiculaires.

131 — Un autre Mortier; la panse arrondie avec saillies
perpendiculaires tronquées.

132 — Coco des Séchelles formant suspension avec inscriptions arabes; la panse entièrement sculptée.
Travail ancien du Maghreb.

133 — Tapis des fabriques de Kilinsky.

134 — Une Peinture ancienne à la gouache, représentant
un mandarin traîné dans un char par des
esclaves. Travail chinois.

135 — Un Brûle-Parfums en cuivre repoussé et ouvré à
jour. Travail mauresque ancien.

VERRES ANTIQUES GRECS

136 — Goblet cylindrique, orné d'une inscription grecque
ΛΑΒΕΤΗΝ ΝΕΙΚΗΝ et de couronnes et palmes
alternées. Une couronne partage l'inscription et
forme le milieu du vase.

Ce verre remarquable est de la plus grande
rareté.

137 — Amphorisque sphéroïde, à godrons à la base.

138 — Vase à parfums, improprement appelé lacryma-
toire, forme dérivée de l'alabastron.

139 — Divers Verres antiques grecs.

140 — Lot de Monnaies et Médailles romaines de la Numidie. Environ *250 pièces* (Sera divisé).

141 — Cabinet hispano-mauresque avec son piétement. La boîte extérieure dorée; et garni d'écaille et d'ivoire gravé intérieurement.

Vᵉˢ Renou, Maulde et Cock, imprˢ de la Compagnie des Commissaires-Priseurs, rue de Rivoli, 144.   80554